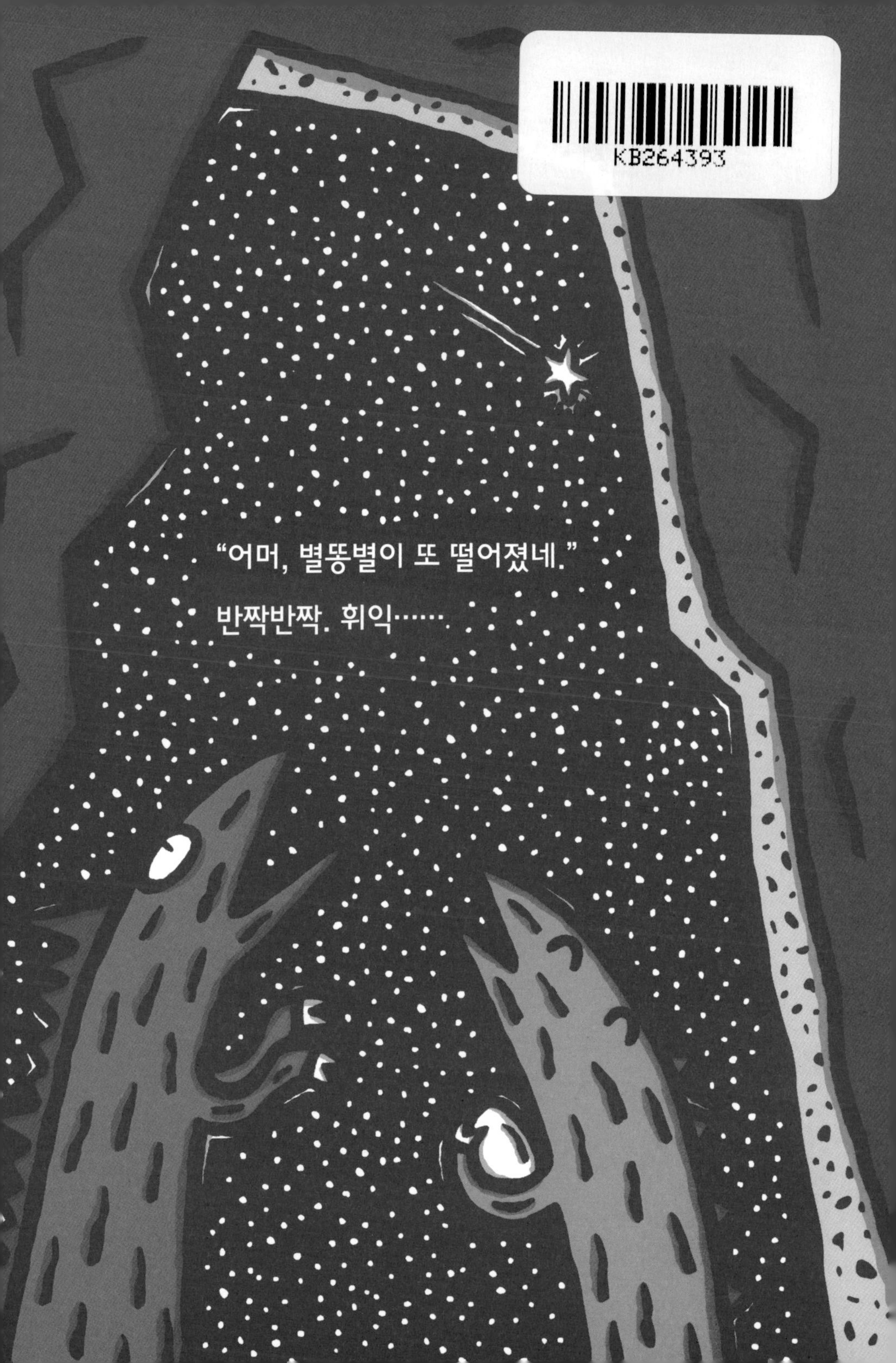

KB264393
"어머, 별똥별이 또 떨어졌네."
반짝반짝. 휘익……

당신을 영원히 사랑해요

글 그림 미야니시 타츠야

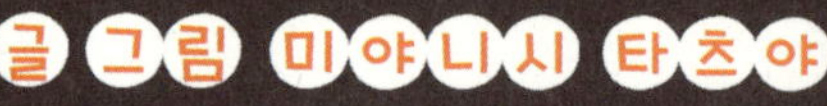

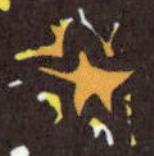

옛날 옛날 아주 먼 옛날,
티라노사우루스 부부가
바위산 동굴 앞에서
밤하늘에 반짝이는 별을
바라보고 있었습니다.

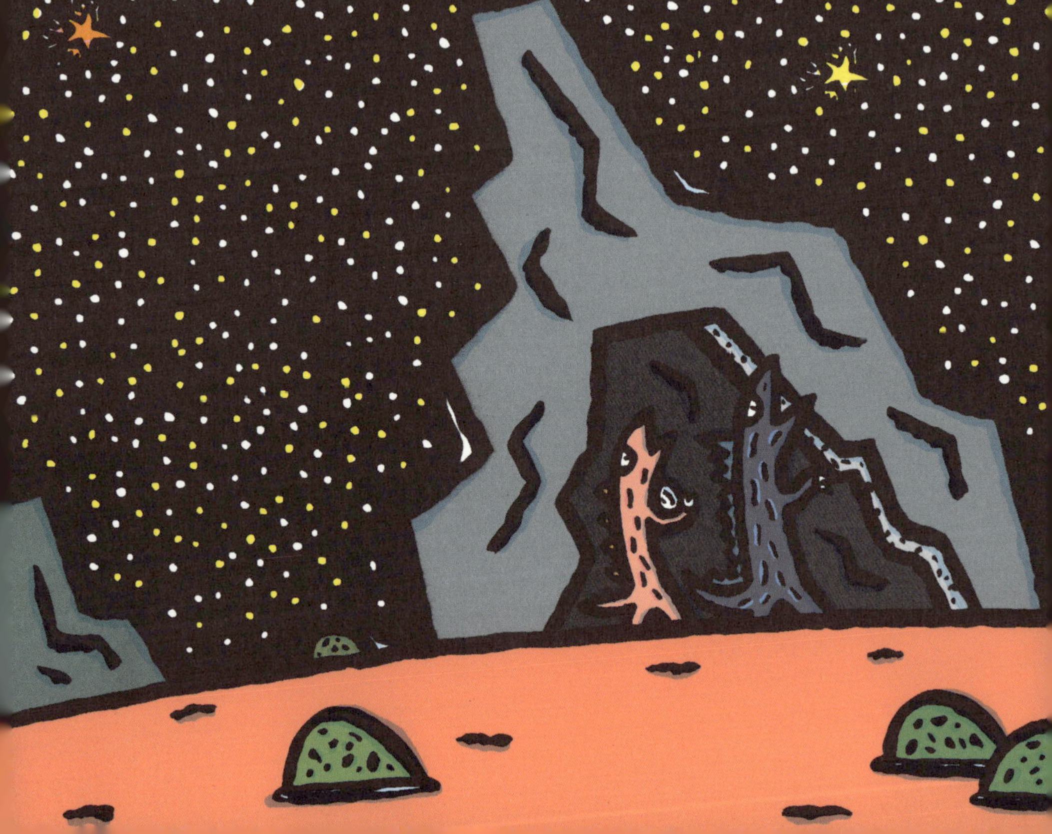

 **빨간 열매**
아픈 데를 낫게 해 주는 신기한 열매예요.

(호말로케팔레)
머리가 납작한
공룡이에요.

(프테라노돈)
하늘을 날 수
있어요.

(스티라코사우루스)
목둘레에 뿔이
있어요.

발드의 동료들 (티라노사우루스)
발드와 함께 약한 공룡을 괴롭히고 다녀요.

(타페야라)
프테라노돈처럼
하늘을 날아요.

(트로오돈)
머리가 큰 공룡
이에요.

앵앵의 엄마
(스피노사우루스)
병에 걸려 아프지만
늘 다정해요.

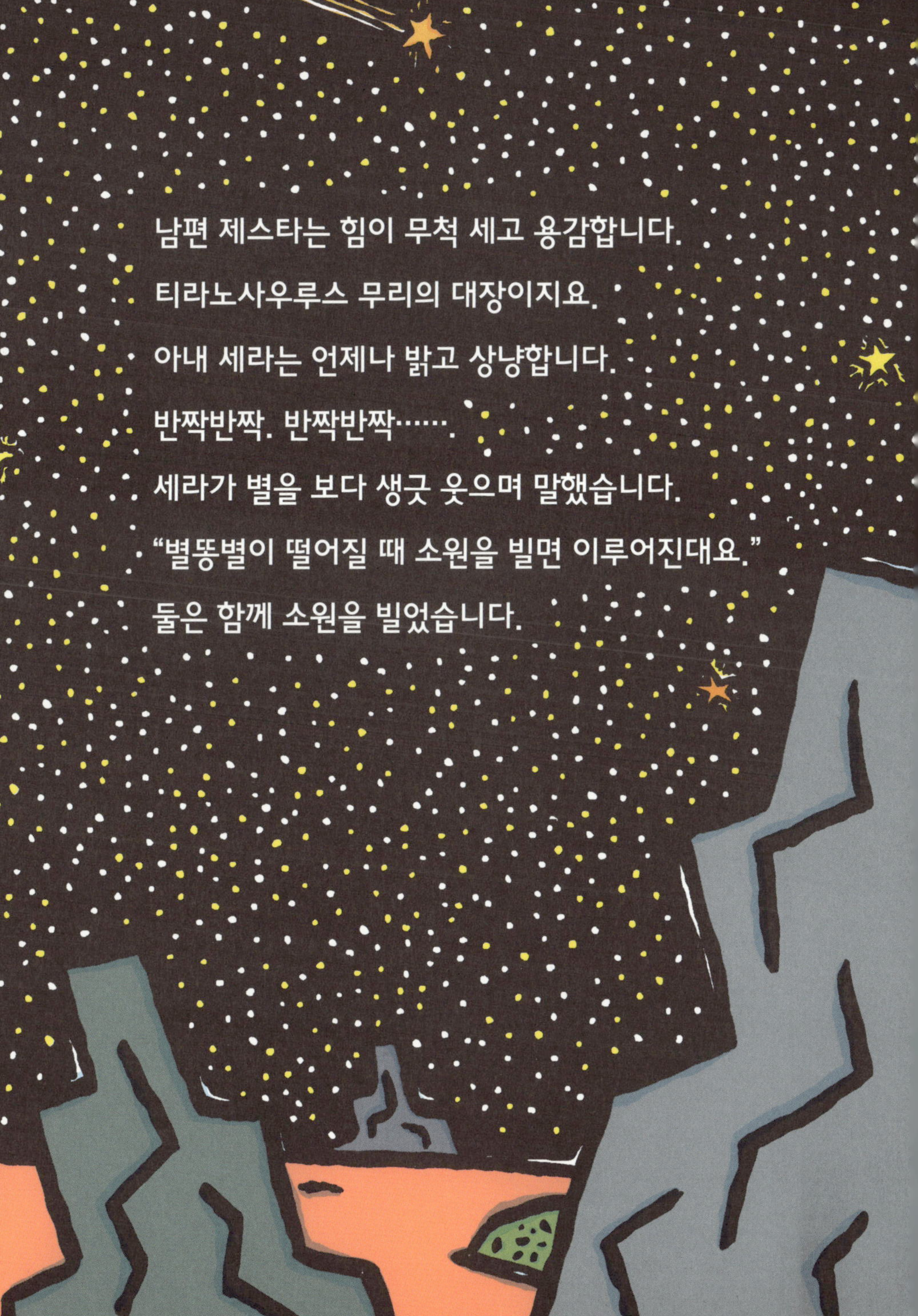

남편 제스타는 힘이 무척 세고 용감합니다.
티라노사우루스 무리의 대장이지요.
아내 세라는 언제나 밝고 상냥합니다.
반짝반짝. 반짝반짝……
세라가 별을 보다 생긋 웃으며 말했습니다.
"별똥별이 떨어질 때 소원을 빌면 이루어진대요."
둘은 함께 소원을 빌었습니다.

"나는 우리 아이가 무사히 태어나,
용감한 아이로 자라게 해 달라고 빌었어요.
당신은 어떤 소원을 빌었어요?"
세라가 제스타에게 물었습니다.
"나는……."

쿵쾅쿵쾅, 쿵쿵 쾅쾅!
제스타가 대답을 하려는데,
갑자기 땅이 마구 흔들렸습니다.
"지진이야. 어서 피해야 해요!"
둘은 굴러떨어지는 돌을 피해 달렸습니다.

얼마 뒤 지진이 멈추었습니다.

"세라, 다친 데 없어요?"

제스타가 걱정스러운 얼굴로 물었습니다.

"괜찮아요. 알도 무사해요."

세라는 빙긋 웃으며 알을 꺼내 보였지요.

그때였습니다.

빠직! 빠직 빠지직……

금이 가고 알이 조금씩 깨지더니,

"쿠우——."

아기 티라노사우루스가 태어났습니다.

"와, 귀여워라!"

둘은 무척 기뻐하며

아기 이름을 '트론'으로 지었습니다.

트론은 엄마, 아빠의 사랑을 받으며
무럭무럭 자라났습니다.
"엄마, 저도 어서 사냥 가고 싶어요.
아빠처럼 강해지고 싶어요."
"그래, 그래야지. 아빠는 힘도 세지만
마음도 무척 넓고 다정하단다."

세라는 활짝 웃으며 빨간 열매를 먹었습니다.
"이건 아픈 데를 낫게 하는 신기한 열매야.
맛도 무척 좋단다. 한번 먹어 보겠니?"
그러자 트론이 고개를 저으며 말했습니다.
"아니요, 전 아빠가 잡아 오는 고기가 더 좋아요."

드디어 트론은 아빠를 따라 사냥을 가게 되었습니다.

트론은 설레어 가슴이 콩닥거렸지요.

그런데 막상 사냥이 시작되자

너무 무서워 꼼짝할 수도 없었습니다.

아빠는 맨 앞에서 먹잇감을 쫓고 있었습니다.

'아빠는 참 대단해. 나도 아빠처럼 될 수 있을까?'

트론은 벌벌 떨며 생각했습니다.

털썩.

제스타가 먹잇감을 쓰러트린 뒤 무리에게 말했습니다.

"자, 오늘 사냥은 여기까지다. 이제 돌아가자."

"싫어! 난 사냥을 계속할 테야. 먹잇감이 널렸잖아."

발드가 소리쳤습니다.

발드는 늘 자기 멋대로 행동하는 골칫덩이지요.

"안 돼! 발드, 그만둬!

저들이 있어서 우리가 살아갈 수 있는 거야.

오늘은 이거면 충분해. 저들도 소중한 생명이라고."

제스타가 타이르듯 말했습니다.

"바보같이! 모처럼 얻은 기회를……."

발드는 제스타를 노려봤습니다.

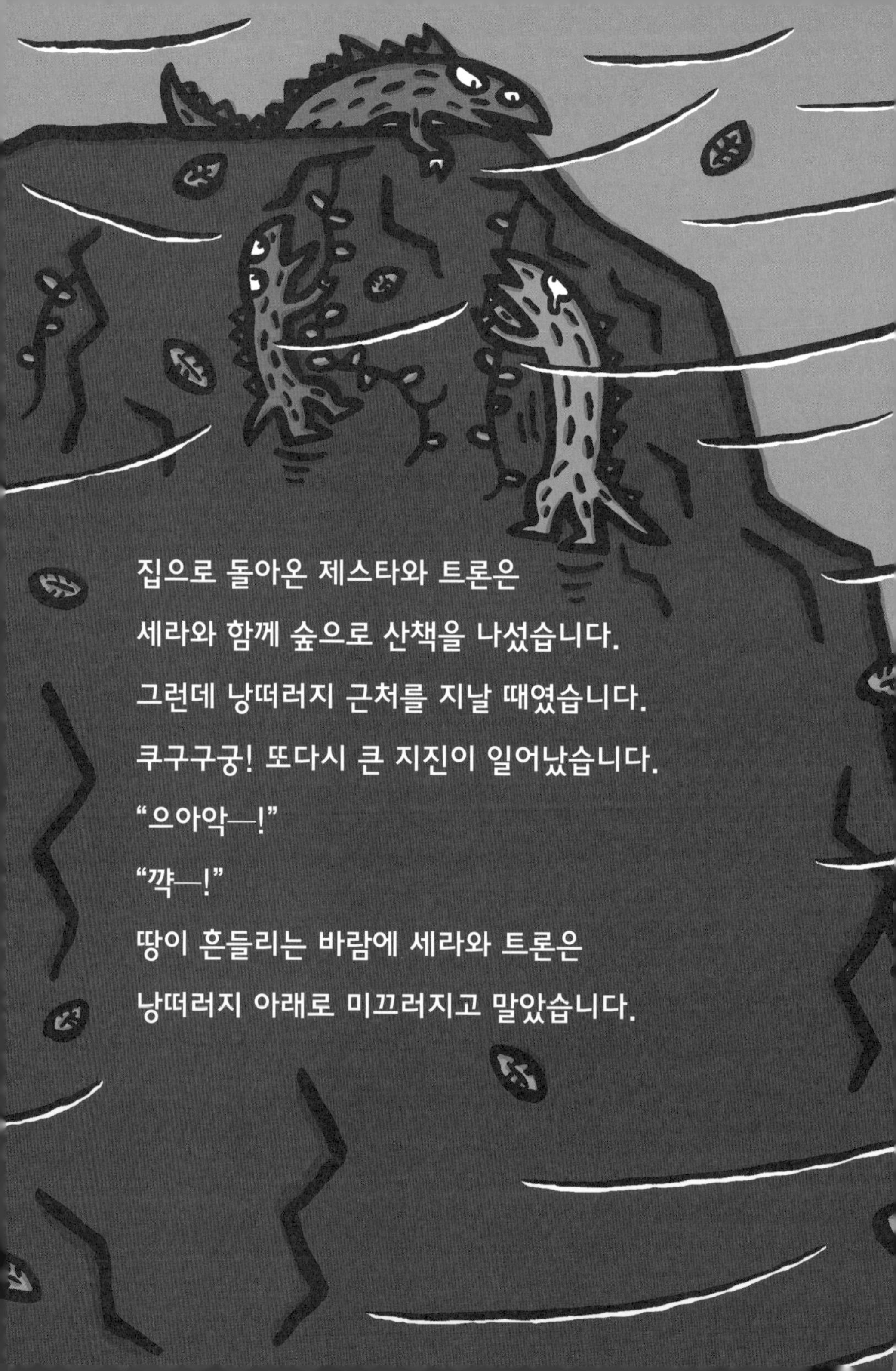

집으로 돌아온 제스타와 트론은
세라와 함께 숲으로 산책을 나섰습니다.
그런데 낭떠러지 근처를 지날 때였습니다.
쿠구구궁! 또다시 큰 지진이 일어났습니다.
"으아악—!"
"꺅—!"
땅이 흔들리는 바람에 세라와 트론은
낭떠러지 아래로 미끄러지고 말았습니다.

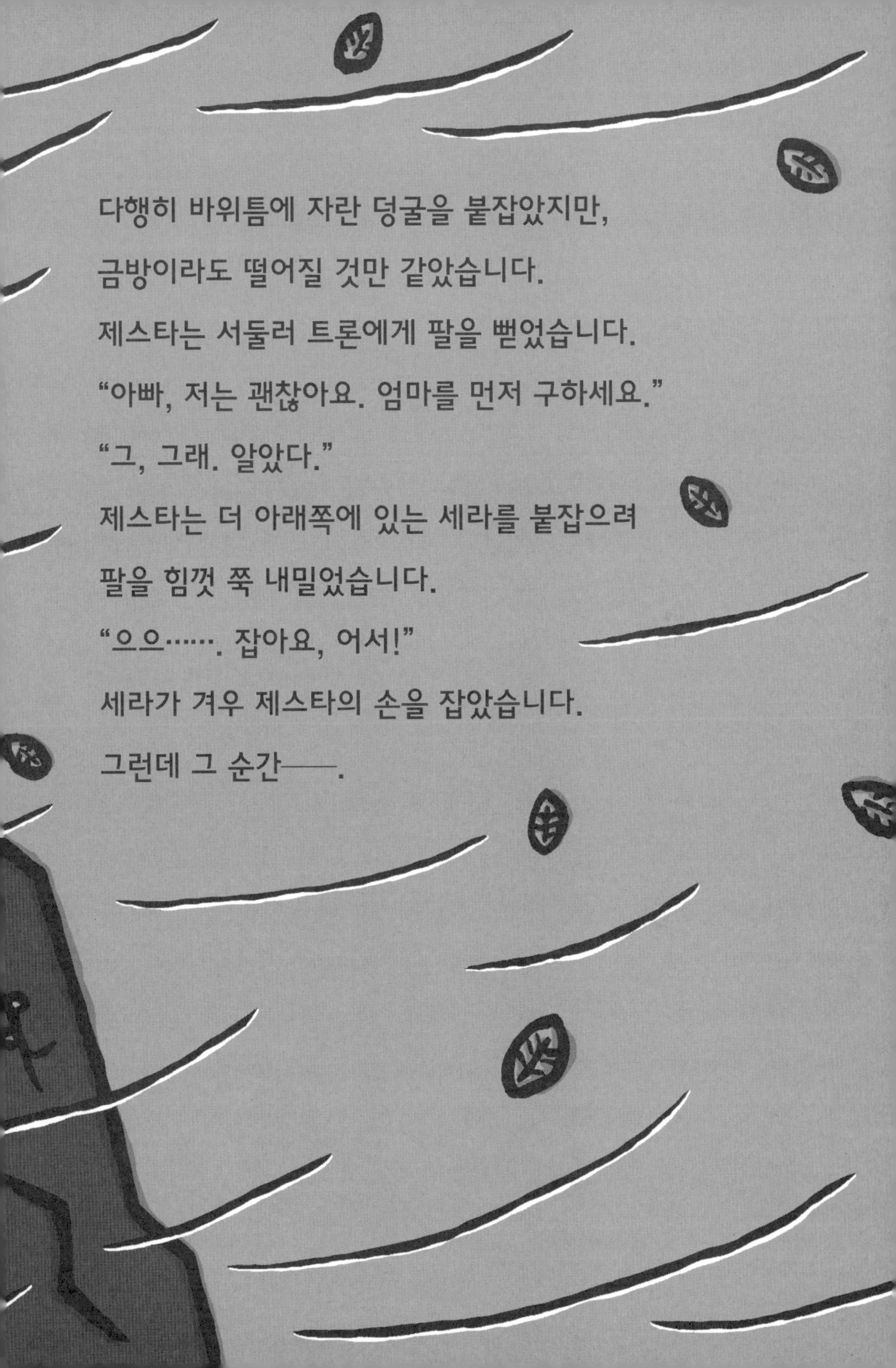

다행히 바위틈에 자란 덩굴을 붙잡았지만,

금방이라도 떨어질 것만 같았습니다.

제스타는 서둘러 트론에게 팔을 뻗었습니다.

"아빠, 저는 괜찮아요. 엄마를 먼저 구하세요."

"그, 그래. 알았다."

제스타는 더 아래쪽에 있는 세라를 붙잡으려

팔을 힘껏 쭉 내밀었습니다.

"으으……. 잡아요, 어서!"

세라가 겨우 제스타의 손을 잡았습니다.

그런데 그 순간──.

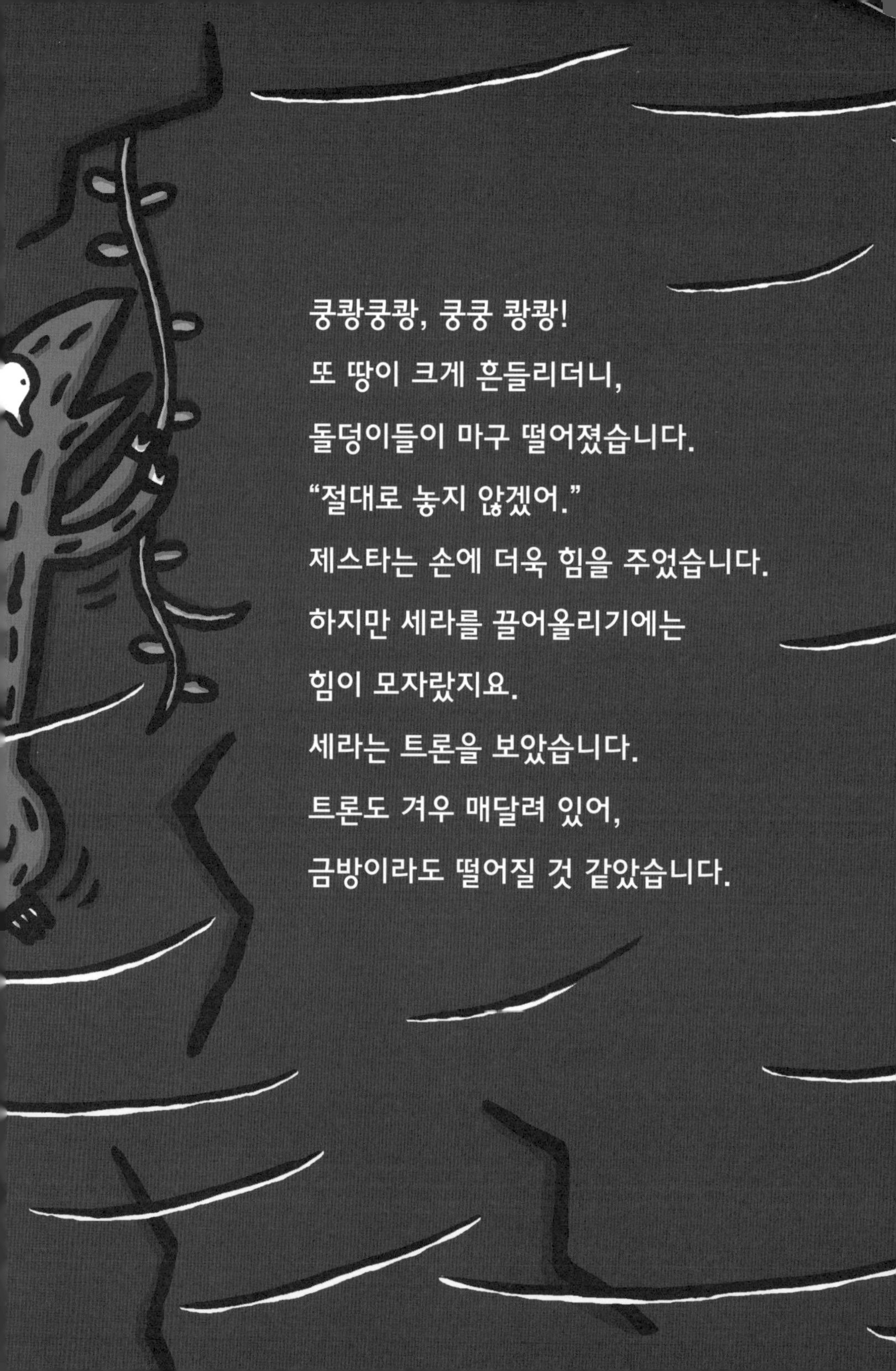

쿵쾅쿵쾅, 쿵쿵 쾅쾅!
또 땅이 크게 흔들리더니,
돌덩이들이 마구 떨어졌습니다.
"절대로 놓지 않겠어."
제스타는 손에 더욱 힘을 주었습니다.
하지만 세라를 끌어올리기에는
힘이 모자랐지요.
세라는 트론을 보았습니다.
트론도 겨우 매달려 있어,
금방이라도 떨어질 것 같았습니다.

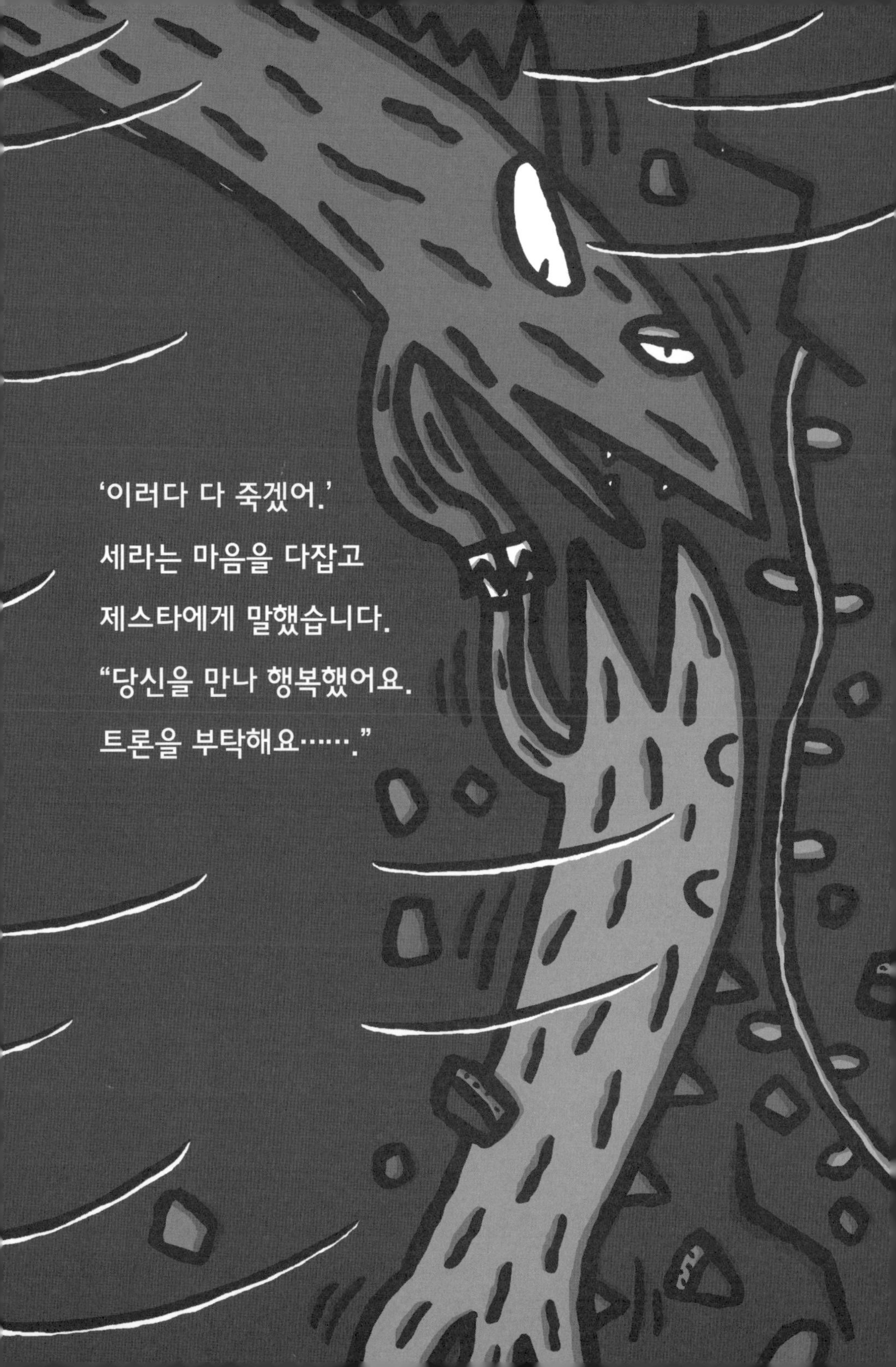'이러다 다 죽겠어.'
세라는 마음을 다잡고
제스타에게 말했습니다.
"당신을 만나 행복했어요.
트론을 부탁해요……."

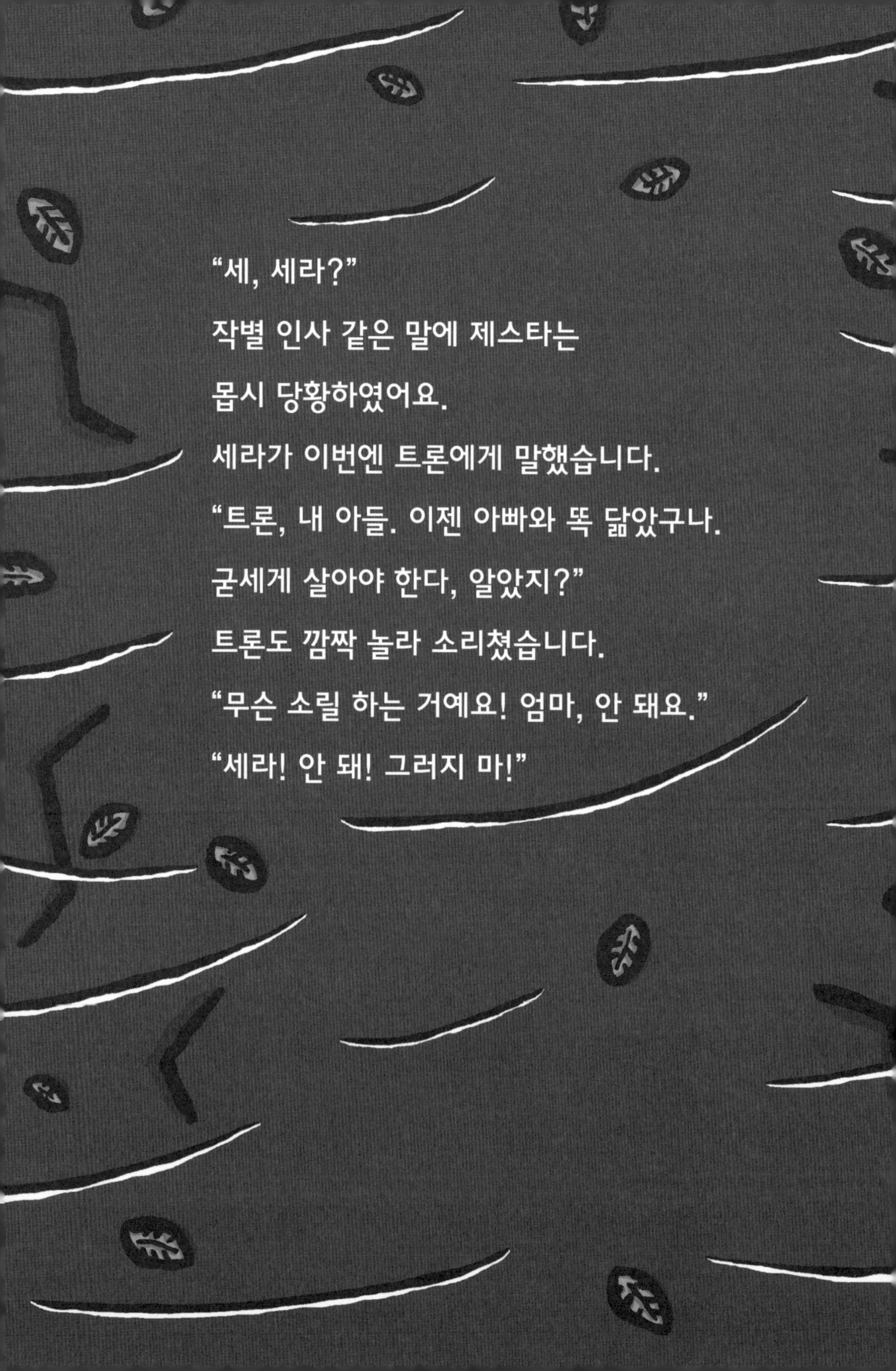

"세, 세라?"
작별 인사 같은 말에 제스타는
몹시 당황하였어요.
세라가 이번엔 트론에게 말했습니다.
"트론, 내 아들. 이젠 아빠와 똑 닮았구나.
굳세게 살아야 한다, 알았지?"
트론도 깜짝 놀라 소리쳤습니다.
"무슨 소릴 하는 거예요! 엄마, 안 돼요."
"세라! 안 돼! 그러지 마!"

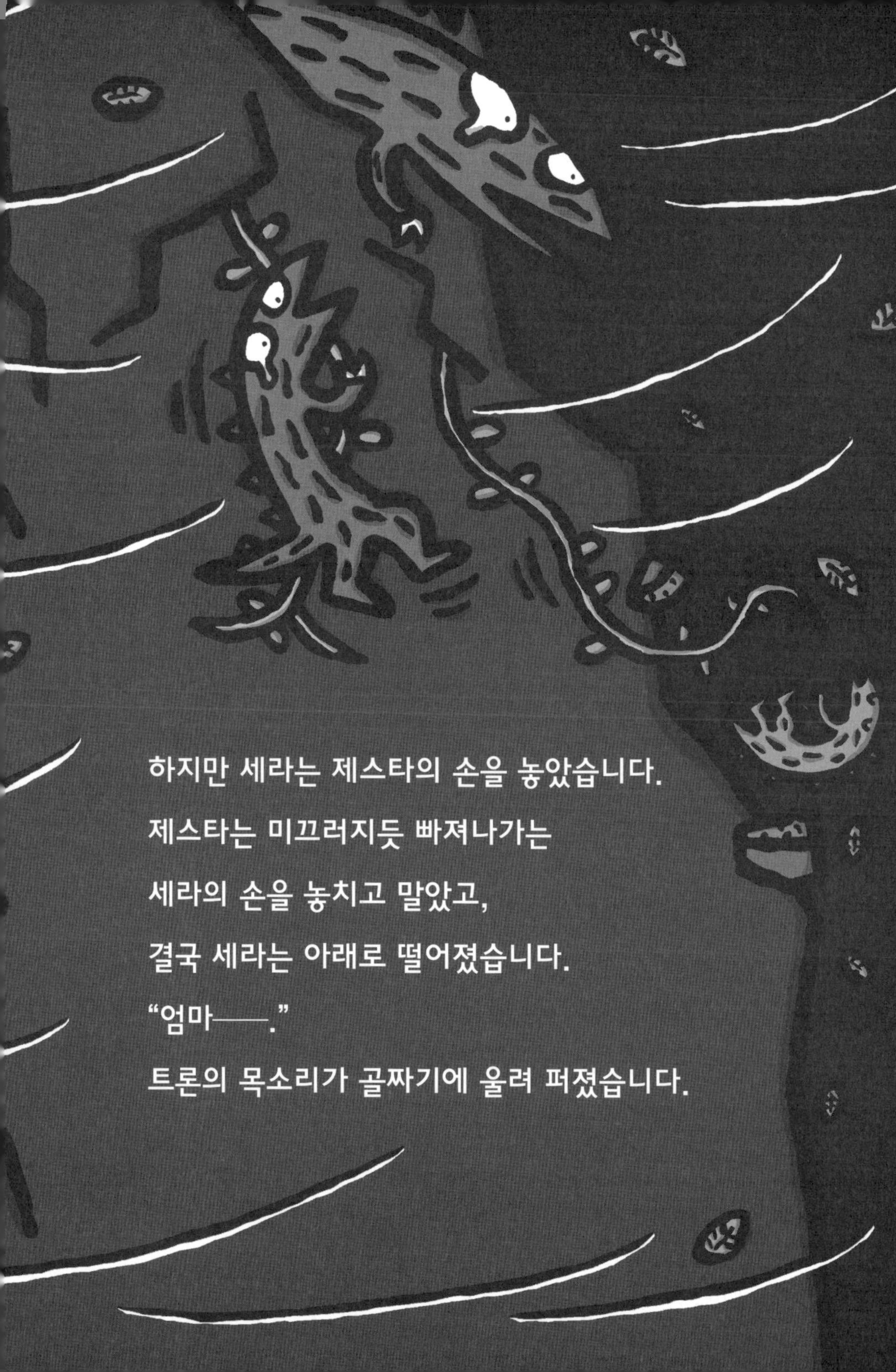

하지만 세라는 제스타의 손을 놓았습니다.
제스타는 미끄러지듯 빠져나가는
세라의 손을 놓치고 말았고,
결국 세라는 아래로 떨어졌습니다.
"엄마——."
트론의 목소리가 골짜기에 울려 퍼졌습니다.

그날 이후 제스타는 동굴에 틀어박혀

몇 날 며칠 꼼짝도 하지 않았습니다.

"모두 내 탓이야."

제스타는 무척 괴로워했습니다.

"아니에요! 아빠 잘못이 아니에요……."

트론은 제스타를 위로했습니다.

제스타는 트론을 끌어안으며 말했습니다.

"예전에 별똥별을 보며 소원을 빌었단다.

무슨 일이 있어도 아내와 내 아이를 지켜 달라고.

그런데……."

눈물을 글썽이는 제스타와

트론의 머리 위로

별똥별이 반짝이며 떨어졌습니다.

제스타가 동굴에 틀어박혀 있는 사이,
발드가 마음대로 초원을 헤집고 다녔습니다.

"히히, 몽땅 내 손아귀에 있다!
오늘부터 내가 대장이다! 으하하!"

프테라노돈은 그런 발드의 행동을
더는 참지 못하고 제스타를 찾아왔습니다.
"이대로 두면 초원은 엉망이 되고 말 걸세.
제스타, 발드를 좀 말려 주게."

제스타는 발드를 찾아갔습니다.
마침 발드는 낮잠을 자고 있었지요.
"발드, 할 말이 있어."
제스타의 말에 발드가 눈을 떴습니다.
"음냐……. 누군가 했더니 제스타구먼.
그동안 어디 갔었나?
빨간 열매라도 따러 갔던 거야? 히히히."
발드가 제스타를 비웃으며 말했습니다

“발드, 무리에서 나가 줘야겠어.”
“내가 왜? 나가야 할 자는 너라고.
나를 내쫓고 싶으면 나랑 싸워 이기든가.”
“싸우러 온 게 아니야. 이야기하러 온 거라고.”
“말보다는 힘으로 겨루는 게 빠르지.
이 초원에서는 힘센 자가 최고잖아.”
“그렇지 않아. 중요한 건 힘이 아니야.”
“과연 그럴까? 힘이 없어서
세라도 지키지 못한 건 아니고? 히히히…….”

우르릉 쾅!
갑자기 하늘이 컴컴해졌습니다.
"발드, 잘 들어. 중요한 것은……."
제스타가 말을 할 때였습니다.
번쩍! 우르르, 쾅쾅!
옆에 있던 나무에 벼락이 떨어져
나무가 산산조각이 나고,
조각들이 마구 날렸습니다.
"으악──!"
발드는 놀라 눈을 꼭 감았습니다.

그런데 그때 바로 옆에서
뭔가가 부딪히고
박히는 소리가 들렸습니다.
조심스레 눈을 뜬 발드는
제스타를 보고 눈이 휘둥그레져
소리를 질렀습니다.
"아아······."

한참 뒤에야 비바람이 멎었습니다.

프테라노돈은 황급히 트론을 찾아갔습니다.

"발드가 제스타를 때려누였대.

이제 자기가 대장이라고 떠들고 다니고 있어."

이야기를 들은 트론은 깜짝 놀랐습니다.

"거, 거짓말. 거짓말이에요. 말도 안 돼요.

아빠가 발드에게 질 리 없잖아요!"

트론은 울먹이며 발드를 찾아 나섰습니다.

여기저기 헤맨 끝에

강가를 걷고 있는 발드를 발견했지요.

"이 악당!"

트론은 발드에게 달려들었습니다.

털썩!

하지만 발드가 휘두르는 꼬리에 맞고

그대로 나동그라지고 말았습니다.

트론은 물러서지 않았습니다.

벌떡 일어나 발드의 꼬리를 덥석 물었지요.

"으윽……! 기억해라, 트론.

세상은 힘센 자가 지배한다. 힘이 가장 중요하다고!"

발드는 이렇게 말하며 꼬리를 휙 휘둘렀습니다.

첨벙! 트론은 강으로 떨어져 떠내려갔습니다.

정신을 차려 보니 통나무 위였습니다.

"어, 어째서 이런 곳에 있는 거지?"

트론은 아무것도 기억나지 않았습니다.

그때 앞쪽에서 엄청난 소리가 들렸습니다.

콰과과과과—.

"이, 이건 무슨 소리지……?"

"포,
폭포다———.
으아악——!"
콰과과과과
콰과
.....

살
—
려
—

쪄
—

요
—
첨벙

다행히 트론은 뭍으로 떠밀려 왔습니다.

트론은 정신을 차리고 주위를 둘러보았습니다.

"아, 배고파. 먹을 만한 게 없을까?"

마침 언덕 끝자락에 커다란 나무가 있었지요.

"빨간 열매 나무다……."

트론은 나무로 다가가 열매를 따려고 했습니다.

그때 나무 뒤에서 작은 그림자가 움직였습니다.

"누구야?"

트론이 깜짝 놀라 소리쳤습니다.

"사, 살려 줘. 제발 잡아먹지 마! 부탁이야."
스피노사우루스가 벌벌 떨면서 말했습니다.
그때였습니다.
쿠구구구궁!
별안간 땅이 쩍쩍 갈라지기 시작했습니다.
트론과 스피노사우루스가 있던 곳도
육지에서 뚝 떨어져 나갔지요.
그 땅은 점점 바다로 떠내려가──,

섬이 되어 버렸습니다.

"엄마가 아프셔……. 걱정하실 텐데, 어떡하지."
어린 스피노사우루스가 울면서 말했습니다.
"너는 왜 이런 곳까지 온 거니?"
"빨간 열매를 먹으면 병이 낫는다고 해서……."
트론은 훌쩍거리는 어린 스피노사우루스를
자기도 모르게 꼭 끌어안았습니다.
"그랬구나……. 나는 트론이야. 너는 울보니까
'앵앵'이라고 부를게. 앞으로 잘 지내자."

그날부터 둘은 섬에서 함께 지냈습니다.

앵앵은 매일 물고기를 잡았지요.

앵앵이 잡은 물고기를 먹으며 트론이 말했습니다.

"맛있어! 너는 물고기를 아주 잘 잡는구나. 고마워."

앵앵이 기뻐하며 대답했습니다.

"내가 더 고마워. 네 덕분에 나는 용감해졌어."

그러던 어느 날 아침이었습니다.

그날따라 바람이 몹시 세차게 몰아쳤습니다.

바람 소리에 눈을 뜬 트론은 앵앵을 찾았습니다.

앵앵은 빨간 열매 나무를 꼭 붙잡고 있었습니다.

바람에 흔들리지 않게

나무를 지키고 있던 것입니다.

"앵앵……."

트론은 다가가 나무를 같이 붙잡아 주었습니다.

"고마워. 이 열매들을 엄마에게 꼭 가져다 드려야 해."

트론은 앵앵을 보며 생각했습니다.

'중요한 것은 힘이 아니구나.'

밤이 되어 폭풍우가 가라앉았습니다.

둘은 잠이 들었지요.

그런데, 쿠구구구궁! 또다시 땅이 흔들리더니,

놀랍게도 섬이 움직이기 시작했습니다.

"와! 섬이 육지 쪽으로 가고 있어.

트론, 우리 이제 돌아갈 수 있어!"

앵앵은 기뻐서 펄쩍펄쩍 뛰었습니다.

하지만 육지에 닿을락 말락 한 거리를 두고

섬은 멈춰 버리고 말았습니다.

“트론, 우리 저리로 건너뛰자.”

“앵앵, 그러다 바다에 빠지고 말 거야.”

“해보지도 않고 포기하는 거야? 포기하면 안 돼!”

“그래, 네 말이 맞아. 포기하면 안 되지!”

트론은 앵앵을 꼭 끌어안았습니다.

그리고 있는 힘을 다해 펄쩍 뛰었지요.

카오오오오오

쿠웅!

둘은 아슬아슬하게 육지로 내려섰습니다.

"트론, 우리가 해냈어!"

앵앵은 몹시 기뻐했지요.

그런데 트론이 혼자서 다시 섬으로

건너뛰는 게 아니겠어요?

우적우적……

트론은 빨간 열매 나무를

입으로 베어 물고는

앵앵이 있는 육지로

다시 펄쩍 뛰었습니다.

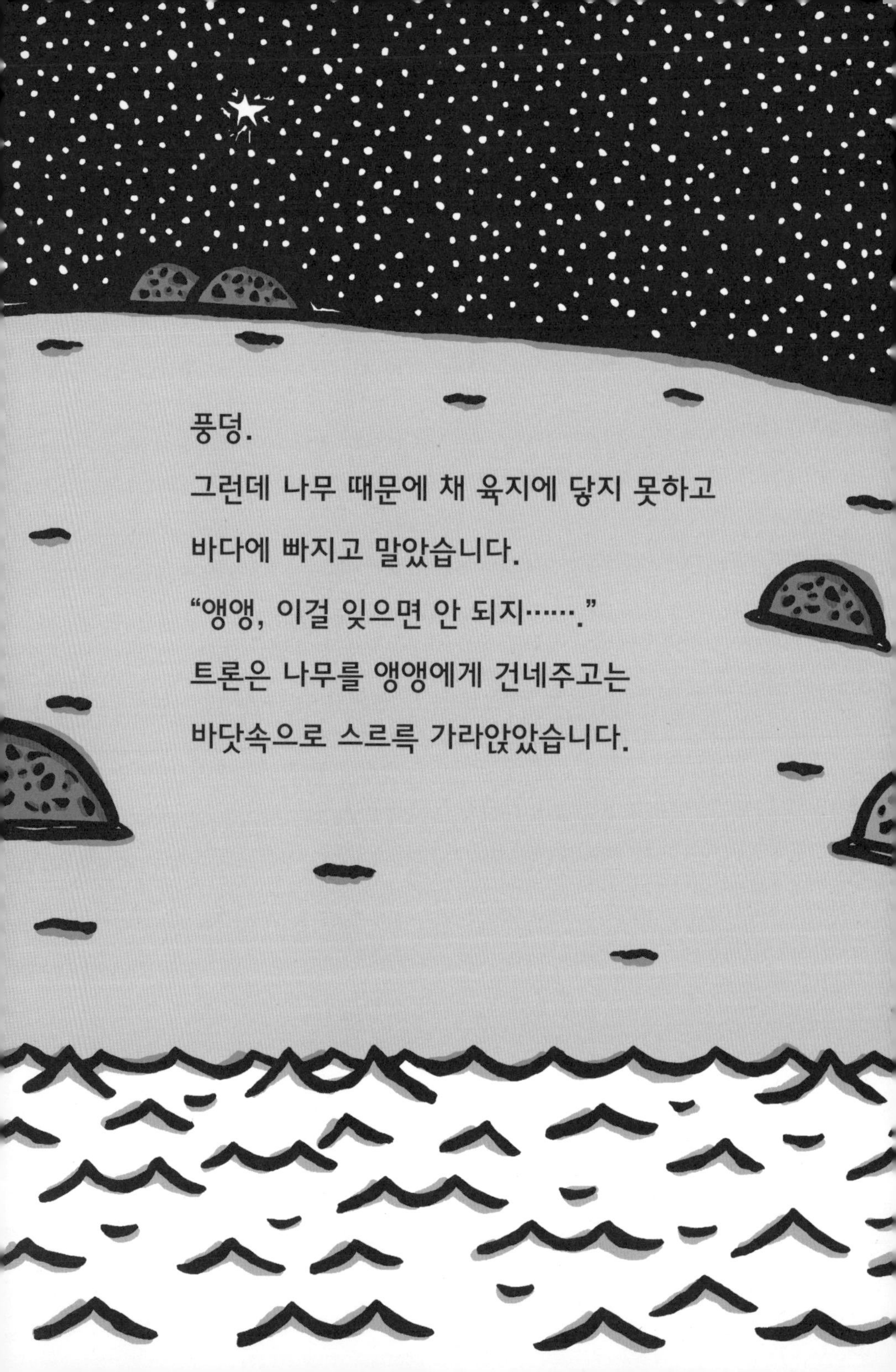
풍덩.
그런데 나무 때문에 채 육지에 닿지 못하고
바다에 빠지고 말았습니다.
"앵앵, 이걸 잊으면 안 되지……."
트론은 나무를 앵앵에게 건네주고는
바닷속으로 스르륵 가라앉았습니다.

"트론——!"
앵앵이 울부짖는 소리가
바다에 울려 퍼졌습니다.

“으…….”

트론은 어느 바닷가에서 눈을 떴습니다.

주변은 온통 바위였지요.

“엄마……. 아빠…….”

그리고 기억도 돌아왔습니다.

트론은 가만히 하늘을 올려다보았습니다.

“엄마……. 아빠……. 나는 이제 외톨이예요.”

트론은 훌쩍이며 중얼거렸습니다.

"나도 외톨이야…… ."

그때 바위틈에서 소리가 들려왔습니다.

그곳엔 파파사우루스가 있었습니다.

"난 '키라리'라고 해. 우린 참 많이 닮았다."

그 말에 트론은 깜짝 놀랐습니다.

"내, 내가 너랑 닮았다고? 어디가?"

이빨이?

눈이?

아니면
발톱이?

그러자 키라리가 힘없이 말했습니다.

"나는 엄마도 아빠도 없고, 친구도 없어…….

게다가 눈도 보이지 않아……."

"나도 그래……. 나 같은 건

태어나지 않는 편이 좋았을 텐데……."

트론의 말에 키라리가 화를 냈습니다.

"무슨 소리야! 태어나지 말았어야 할 생명은

하나도 없어! 그러니 열심히 살아야지!

나는 혼자인 데다 눈도 안 보이지만

열심히 살고 있다고!"

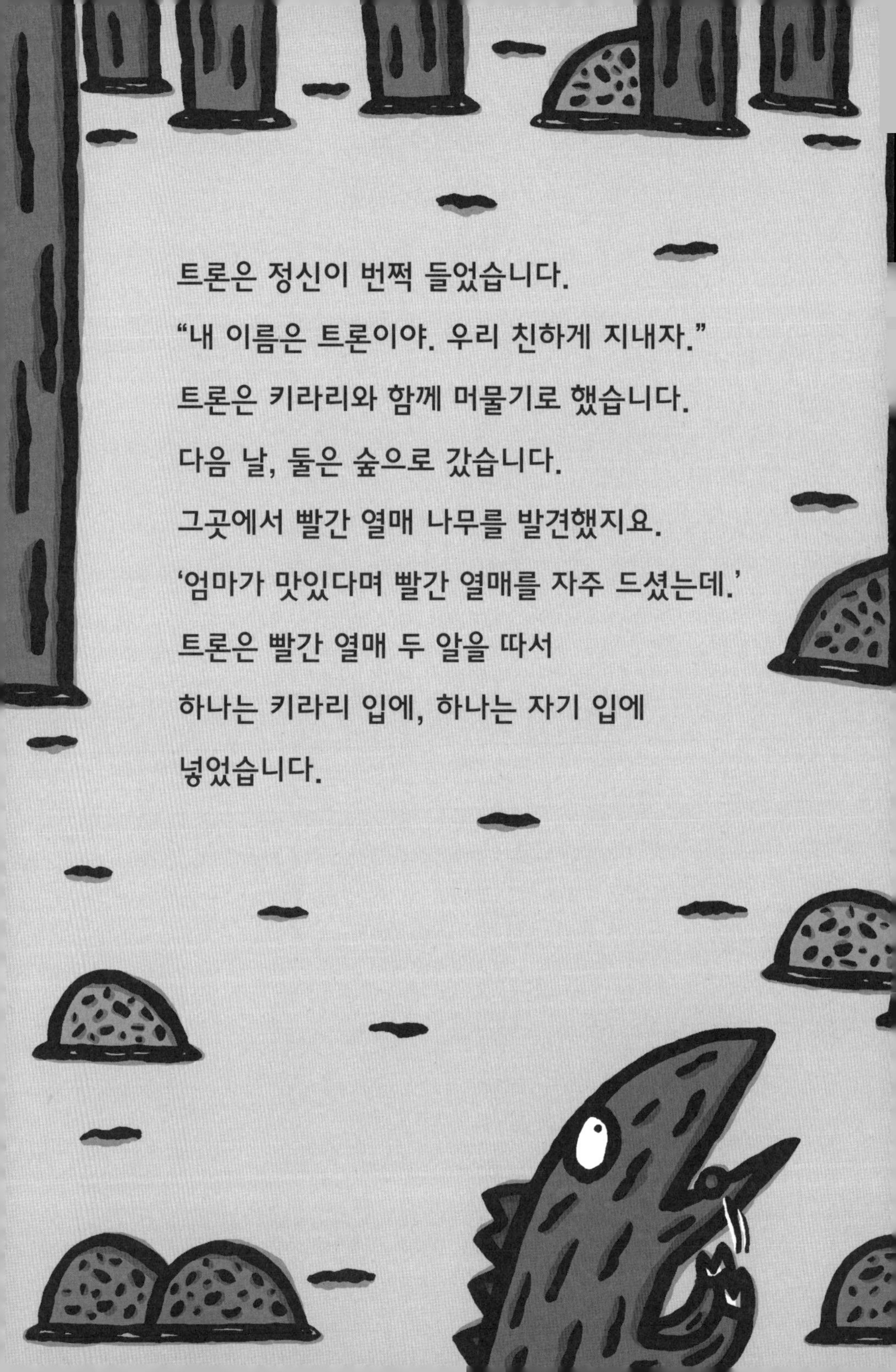

트론은 정신이 번쩍 들었습니다.

"내 이름은 트론이야. 우리 친하게 지내자."

트론은 키라리와 함께 머물기로 했습니다.

다음 날, 둘은 숲으로 갔습니다.

그곳에서 빨간 열매 나무를 발견했지요.

'엄마가 맛있다며 빨간 열매를 자주 드셨는데.'

트론은 빨간 열매 두 알을 따서

하나는 키라리 입에, 하나는 자기 입에

넣었습니다.

"와, 맛있다!"
트론은 열매 맛에 깜짝 놀랐습니다.
"정말 맛있네. 이런 열매는 처음이야."
키라리가 방긋 웃으며 말했습니다.
그때 트론은 엄마가 해 준 말이 떠올랐습니다.
'아, 아픈 데를 낫게 하는 열매라고 하셨지?
키라리가 이 열매를 먹으면 눈이 나을지도 몰라.'
트론은 그날부터 매일 빨간 열매를 따서
키라리에게 주었습니다.

며칠 후,
키라리가
기뻐하며
말했습니다.

"나 눈이 점점 보이는 것 같아.
얼른 나아서 네 얼굴을 보고 싶어."
"정말? 잘됐구나.
오늘도 열매를 잔뜩 따다 줄게."

그로부터 며칠이 더 지난,

별이 아름답게 빛나는 밤이었습니다.

트론은 빨간 열매를 수북이 따 와

새근새근 자고 있는 키라리 옆에 놓았습니다.

"키라리, 네 눈이 좋아져서 정말 기뻐. 하지만

곧 내가 티라노사우루스라는 걸 알게 되겠지.

이제 헤어져야 해. 잘 지내. 나도 열심히 살게."

트론은 작별 인사를 하고는 뒤돌아 갔습니다.

그러자 키라리의 감긴 두 눈에서,

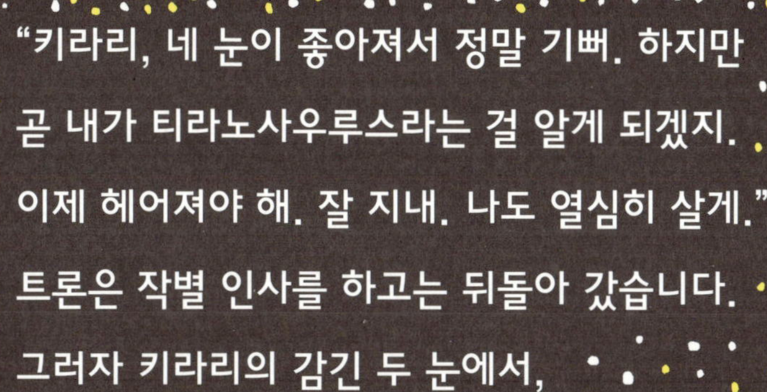

눈물이 주르륵 흘렀습니다.

키라리는 가만히 눈을 떴습니다.

"실은 훨씬 전부터 눈이 보이기 시작했어…….

하지만 사실대로 말하면 네가 떠날 것 같았지.

우린 앞으로도 계속 친구야…….

난 이제 외롭지 않아. 고마워, 트론."

"이제 집으로 돌아가야 해. 헉헉, 헉헉."
트론은 집을 향해 달렸습니다.
그때 프테라노돈이 날아왔습니다.
"트론, 널 찾아다녔어. 큰 싸움이 벌어질 거 같아.
이를 말릴 수 있는 자는 너밖에 없어."

“하, 하지만 난 아무런 힘이 없어요.”
트론이 당황하여 말했습니다.
그때 앵앵이 했던 말이 문득 떠올랐습니다.
‘포기하면 안 돼!’
키라리의 말도 생각났지요.
‘열심히 살아야 해!’
트론은 걸음을 더욱 서둘렀습니다.

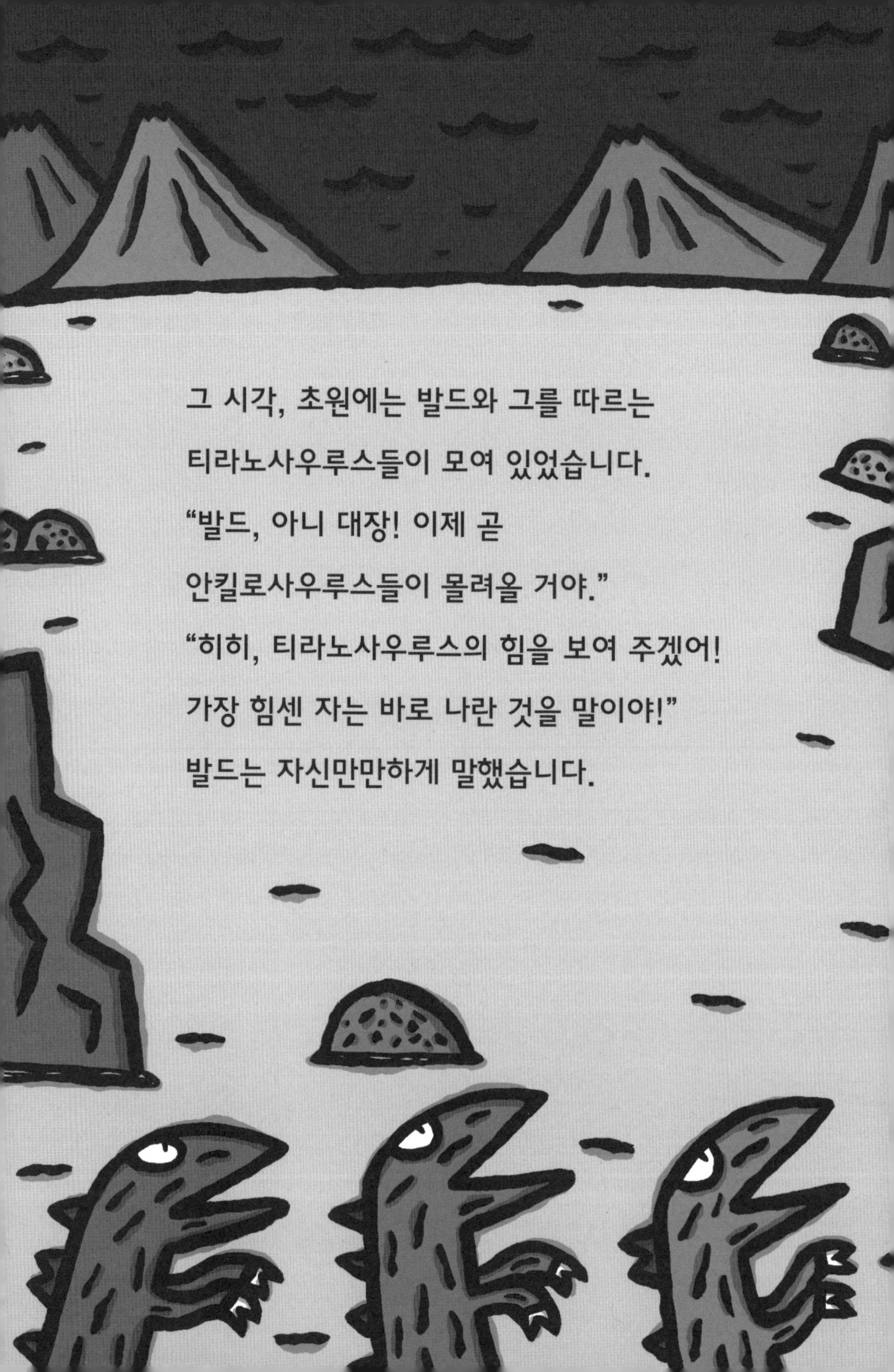

그 시각, 초원에는 발드와 그를 따르는
티라노사우루스들이 모여 있었습니다.
"발드, 아니 대장! 이제 곧
안킬로사우루스들이 몰려올 거야."
"히히, 티라노사우루스의 힘을 보여 주겠어!
가장 힘센 자는 바로 나란 것을 말이야!"
발드는 자신만만하게 말했습니다.

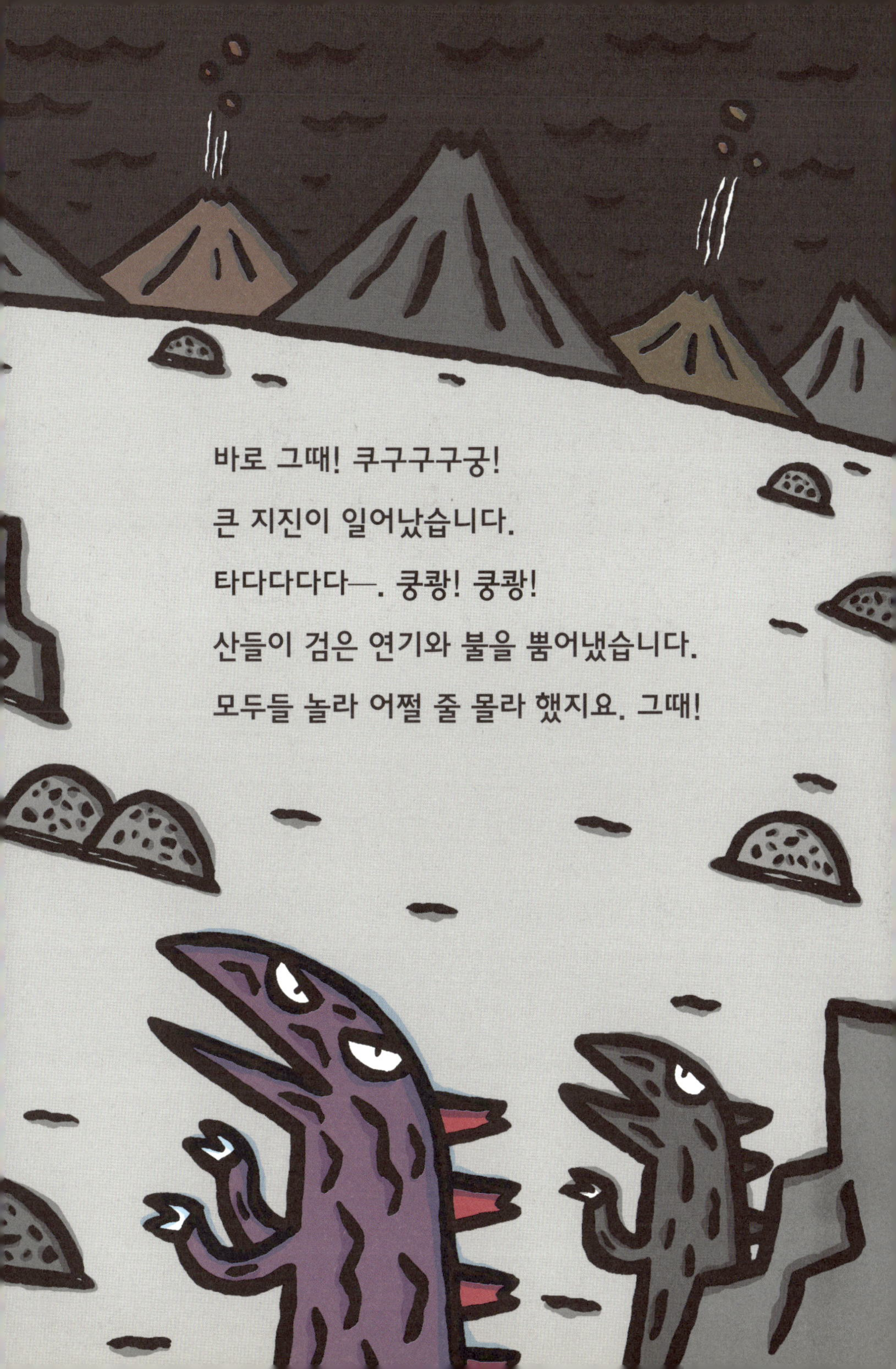

바로 그때! 쿠구구구궁!
큰 지진이 일어났습니다.
타다다다다—. 쿵쾅! 쿵쾅!
산들이 검은 연기와 불을 뿜어냈습니다.
모두들 놀라 어쩔 줄 몰라 했지요. 그때!

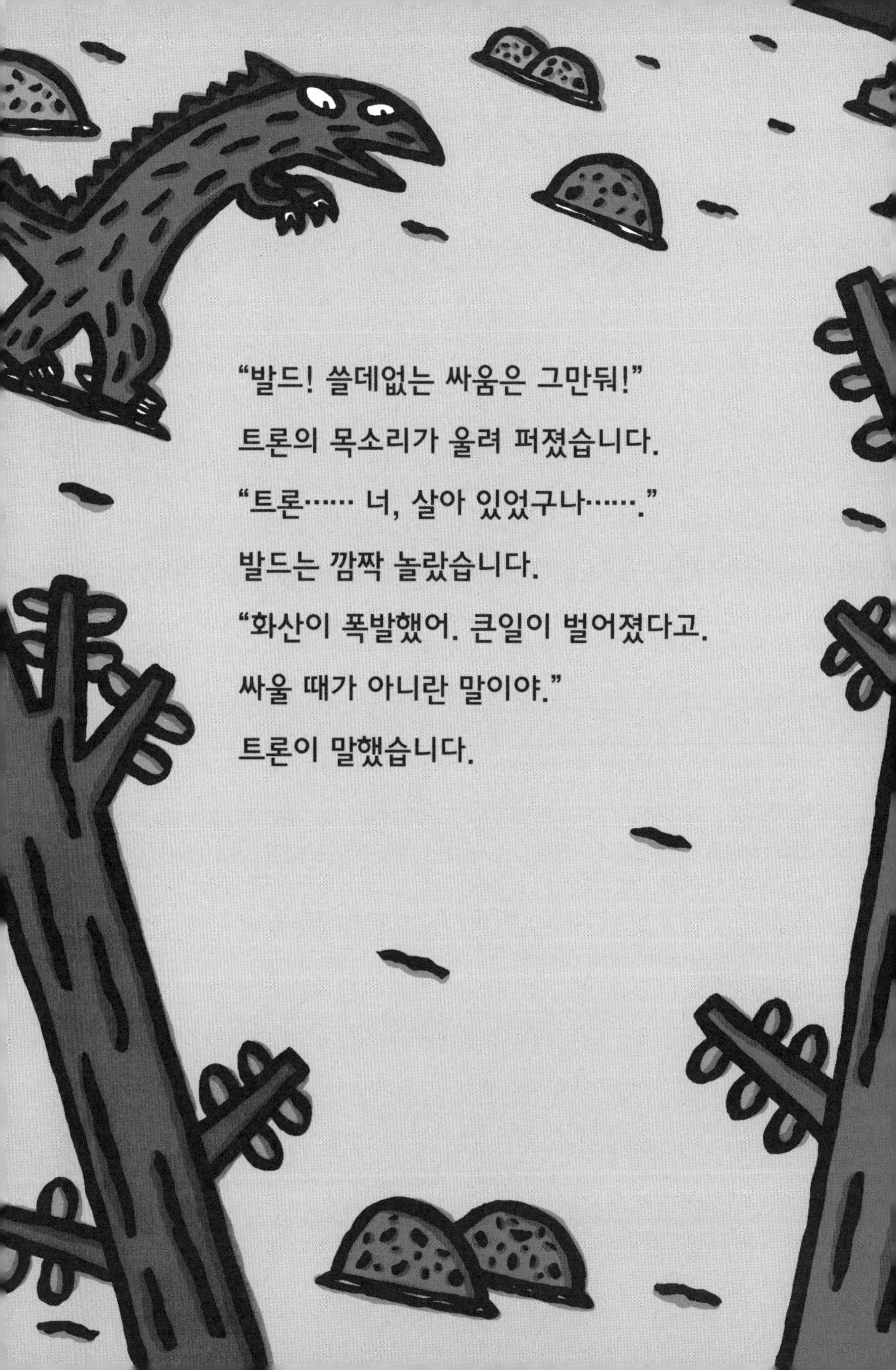

"발드! 쓸데없는 싸움은 그만둬!"
트론의 목소리가 울려 퍼졌습니다.
"트론…… 너, 살아 있었구나……."
발드는 깜짝 놀랐습니다.
"화산이 폭발했어. 큰일이 벌어졌다고.
싸울 때가 아니란 말이야."
트론이 말했습니다.

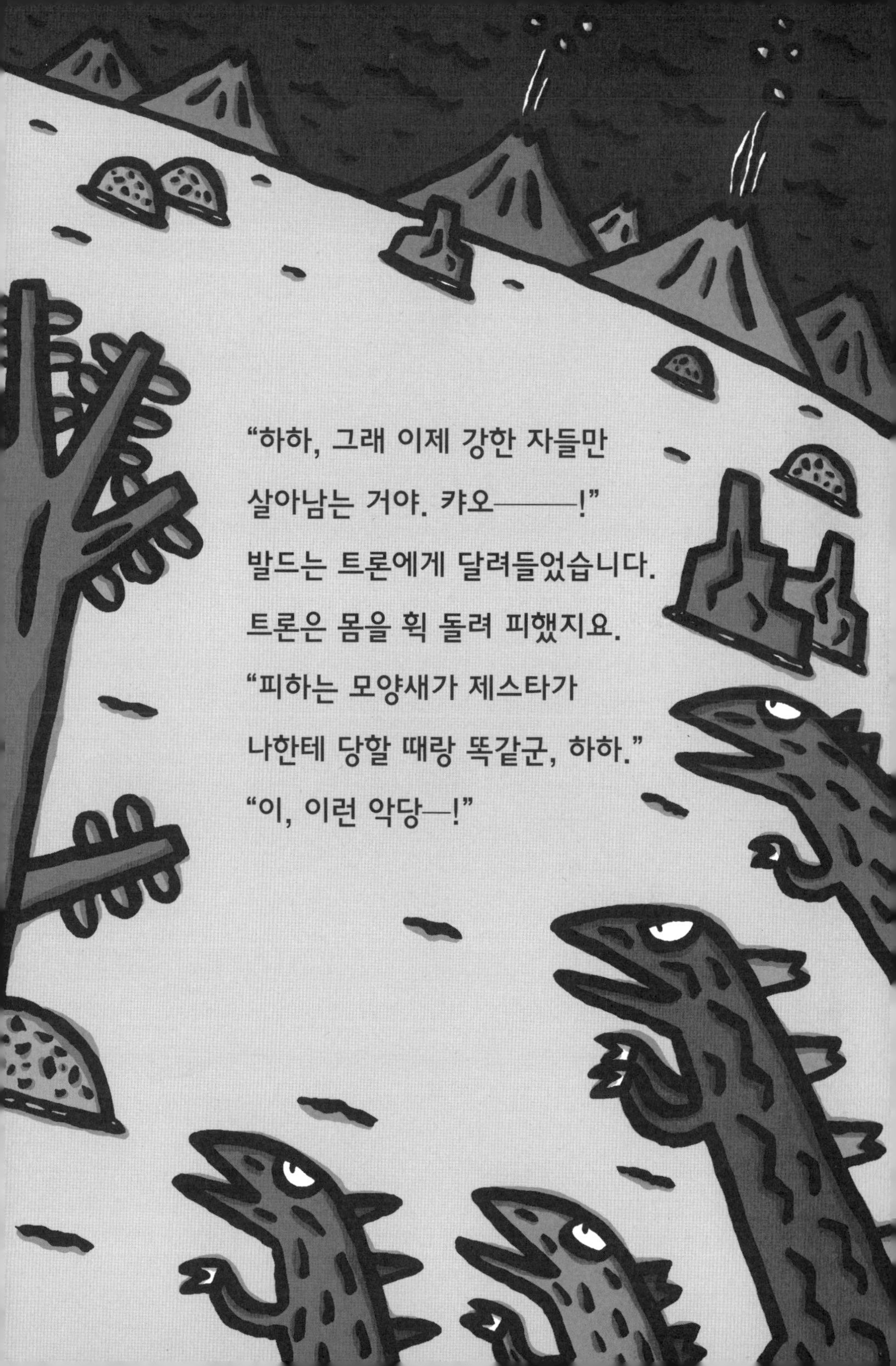

"하하, 그래 이제 강한 자들만
살아남는 거야. 캬오———!"
발드는 트론에게 달려들었습니다.
트론은 몸을 휙 돌려 피했지요.
"피하는 모양새가 제스타가
나한테 당할 때랑 똑같군, 하하."
"이, 이런 악당—!"

세찬 바람이 불더니

하늘이 시커먼 구름으로 뒤덮였습니다.

우르르 쾅쾅! 천둥이 쳤습니다.

번쩍! 우르르―. 쾅쾅!

그리고 발드와 제스타가 싸웠던 그날처럼,

옆에 있던 나무에 벼락이 떨어졌습니다.

나무는 산산조각이 났고,
날카로운 조각 하나가 발드에게 날아왔지요.
"으악——!"
발드는 놀라 눈을 감았습니다.
푹! 이어 뭔가 깊숙이 박히는 소리가 났습니다.
"으으윽......."

나뭇조각이 트론의 어깨에 박혀 있었습니다.
트론이 재빠르게 발드를 감싸 준 것이었지요.
"트론……. 어째서……?
그때 제스타도 이렇게 나를 지켜 줬는데……."
"싸움에서 진 게 아니었어……."
"으으윽……. 그래, 제스타는 나를 구해 줬어.
나를 구하느라 제스타가……. 흐윽……."

흐느끼는 발드를 보며 트론이 말했습니다.
"아빠는 정말로 중요한 게 무언지 알려 주려고
했던 거야. 힘은 중요한 게 아니야. 난 알아.
나에게는 힘은 약하지만 나보다 훨씬 강한
친구들이 있거든."
그때였습니다.

쿠구구구궁— 쾅! 쿵쾅. 콰아앙!

산이 다시 불을 뿜고,

시뻘건 용암이 초원으로 흘러내렸습니다.

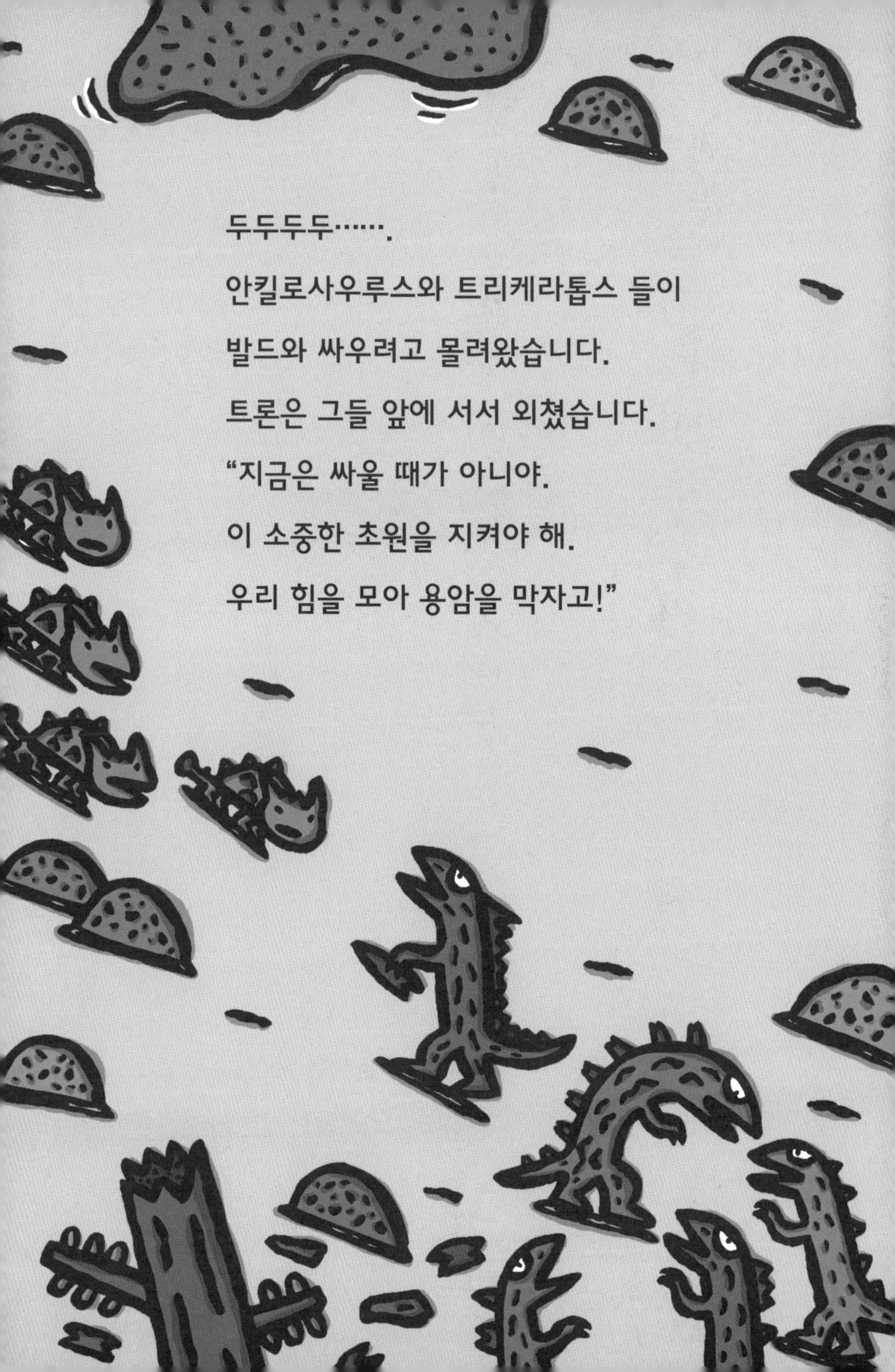

두두두두…….

안킬로사우루스와 트리케라톱스 들이

발드와 싸우려고 몰려왔습니다.

트론은 그들 앞에 서서 외쳤습니다.

"지금은 싸울 때가 아니야.

이 소중한 초원을 지켜야 해.

우리 힘을 모아 용암을 막자고!"

쿠구구구궁!
타다다다다. 콰아──앙!
땅이 크게 흔들리고,
화산이 계속 폭발했습니다.
용암은 빠르게 흘러내려
나무와 풀을 집어삼켰지요.

"우, 우리의 초원이……."
"이대로 두면 큰일 나겠어!"
"그래, 우리 모두 힘을 모아
소중한 초원을 지키자!"

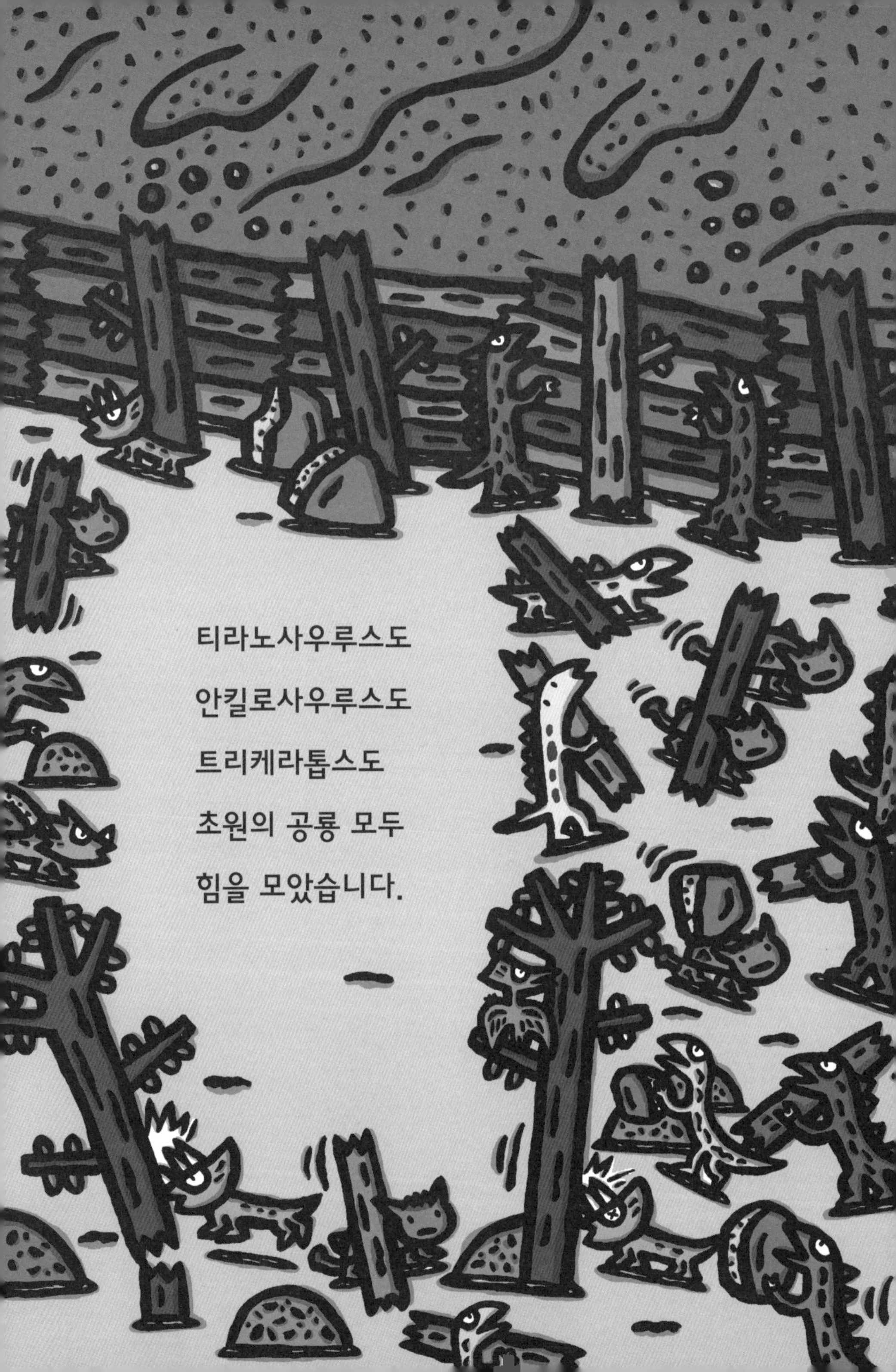

티라노사우루스도
안킬로사우루스도
트리케라톱스도
초원의 공룡 모두
힘을 모았습니다.

용암을 막기 위해
나무와 돌로
높다란 둑을 쌓았습니다.
하지만 용암이 너무 거세어
둑은 금방이라도 무너질
것만 같았습니다.

"영차! 으라차차!"
트론은 온몸으로 둑을
떠받치고 섰습니다.
그때 발드가 다가왔습니다.
"비켜, 트론."
발드는
트론 대신
자기가 둑을
떠받쳤습니다.

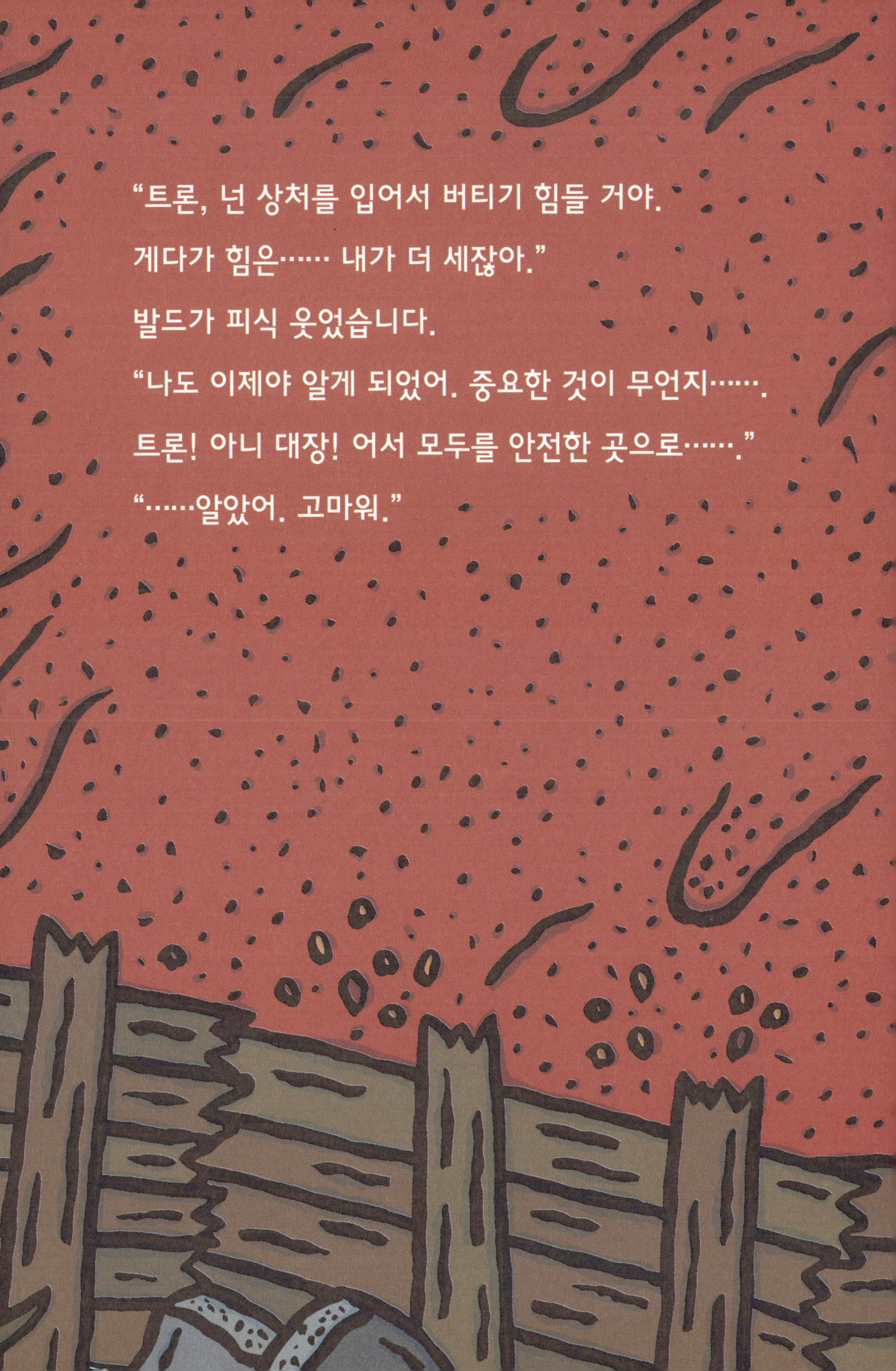

"트론, 넌 상처를 입어서 버티기 힘들 거야.
게다가 힘은…… 내가 더 세잖아."
발드가 피식 웃었습니다.
"나도 이제야 알게 되었어. 중요한 것이 무언지…….
트론! 아니 대장! 어서 모두를 안전한 곳으로……."
"……알았어. 고마워."

트론은 용암을 피해
높은 언덕 위로
모두를 이끌고 갔습니다.
우당탕탕! 바지직 바지직—.
언덕에 이르자
둑이 무너지고 말았습니다.

트론이 안타까워하며
중얼거렸습니다.
"발드…….”

시커먼 구름이 걷히자
파란 하늘이 드러났습니다.
하늘에서 프테라노돈이 날아와
트론에게 빨간 열매를 주었습니다.

"트론, 이 빨간 열매는 진짜 생명의 열매란다."
프테라노돈이 이렇게 말했을 때였습니다.
"트론!"
누군가가 뒤에서 트론을 불렀습니다.
트론은 뒤돌아봤습니다.

"어, 엄마……."
"트론, 트론!"
세라가 울면서 달려와 트론을 꼭 안았습니다.
"저, 정말로 엄마예요? 엄마——."
트론도 세라 품에 안겨 울었습니다.

"너무너무 보고 싶었단다. 이제야 만났구나.

프테라노돈이 벼랑에서 떨어진 나를 구해 줬어.

그리고 빨간 열매로 상처를 치료해 주었지."

"아, 그랬구나. 정말 다행이에요.

엄마가 너무너무 보고 싶었어요."

"우리 이제는 늘 함께 있자. 널 너무 사랑한단다."

그날 밤이었습니다.

"앗, 별똥별이 떨어지는구나."

반짝반짝……

세라와 트론은 밤하늘을 올려다보았습니다.

"별똥별이 떨어질 때 소원을 빌면 이루어진단다."

둘은 함께 소원을 빌었습니다.

“트론, 너는 무슨 소원을 빌었니?”
“음……, 비밀로 할래요. 헤헤헤.”
반짝반짝……
별이 가득한 밤하늘에
제스타의 모습이 보이는 것 같았습니다.

미야니시 타츠야는 일본 시즈오카현에서 태어나 일본대학 예술학부 미술학과를 졸업했습니다. 인형미술가, 그래픽 디자이너를 거쳐 그림책 작가가 된 미야니시 타츠야는 개성이 넘치는 그림과 가슴에 오래 남는 이야기로 사랑을 받고 있습니다. 《나는 걷기대장 쫑이》, 《개구리의 낮잠》, 《메리 크리스마스, 늑대 아저씨!》, 《크림, 너라면 할 수 있어!》가 우리나라에 소개되었고, 《아빠는 울트라맨》, 《돌아온 아빠는 울트라맨》, 《아빠는 울트라세븐》으로 '겐부치 그림책 마을' 대상과 비바 카라스 상을 받았습니다. 《오늘은 정말 운이 좋은걸》, 《찌찌》도 고단샤 출판문화상 그림책 상을 받았습니다.

송소영은 일본 레이타쿠 대학과 대학원에서 일본어를 공부했습니다. 저자의 마음까지 전하는 번역을 위해 노력하며 좋은 책을 소개하는 번역 기획도 하고 있습니다. 옮긴 책으로는 《미니부케와 세 마녀》, 《누구나 할 수 있는 멋진 마법》, 《허브 정원의 피아노 레슨》, 《우리 남편, 육아빠가 될 수 있을까》, 《하루 5분 공주 프로젝트》, 《향기 나는 색연필 꽃그림》, 《568 조미료 소스 양념 대백과》 외 다수가 있습니다.

당신을 영원히 사랑해요

1판 1쇄 박음 2019년 6월 28일
1판 1쇄 펴냄 2019년 7월 5일

글·그림 미야니시 타츠야 | 옮긴이 송소영
편집 정재은 | 디자인 심흥섭 | 관리 이명정
펴낸이 박소연 | 펴낸곳 (주)도서출판 달리
등록 2002.6.4 (제10-2398호)
주소 04008 서울특별시 마포구 희우정로 16길, 17-5
전화 02)333-3702 | 팩스 02)333-3703
ISBN 978-89-5998-329-2 77830

성적서 번호 : T2017-09991 공급자적합성확인
검사기관 : KTC(한국기계전기전자시험연구원)
품명 : 도서　　　　　　　전화번호 : 02-333-3702
제조연월 : 별도 표기　　　제조국 : 대한민국
제조자명 : 한울피앤피　　사용연령 : 만 3세 이상
주소 : 서울시 마포구 희우정로 16길 17-5

※주의 : 단단한 책으로 인해 다치지 않도록 주의하세요.
※KC 마크는 이 제품이 자율안전기준에 적합함을 의미합니다.

빨간 열매를 잔뜩 들고 엄마에게 돌아갔습니다.

엄마는 빨간 열매와 앵앵이 잡아 오는 생선을

먹고 병이 완전히 나았습니다.

앵앵은 이제 울보가 아닙니다.

이름도 바뀌었습니다.

엄마는 항상 웃는 앵앵을 '하하'라 부른답니다.